Caperucita Roja

Adaptación de Natalia Rivera
Ilustraciones de Van Gool

Colección Colorín, colorado…
EDITORIAL SIGMAR

Caperucita Roja vivía en una linda casa, junto al bosque. Una mañana, su mamá le dijo:

—Tu abuelita está enferma. Irás a visitarla y le llevarás una canasta con una torta y un frasco de mermelada. Y recuerda: no te entretengas en el camino; el lobo siempre anda dando vueltas.

—No te preocupes, mamá. Tendré cuidado —le aseguró Caperucita.

Caperucita caminó a buen paso, pero el día estaba tan lindo y había tantas flores, que se detuvo a juntar un ramo. ¡Y el lobo marchaba detrás!

Era un gran lobo gris, con enormes dientes y patas muy grandes.

–Buen día, Caperucita Roja. ¿Se puede saber adónde vas, solita, por el bosque?

–Voy a la casa de mi abuelita, a llevarle una torta y un frasco de mermelada. Pero yo no tengo permiso para hablar con el lobo...

–Te propongo un juego –dijo el lobo–. El primero que llegue a la casa de tu abuelita, comerá un pedazo de torta.

–De acuerdo –respondió Caperucita, pensando que el lobo le resultaba simpático.

–Tú irás por el camino de la derecha y yo, por el de la izquierda –dijo el lobo.

El lobo, que había elegido el camino más corto, llegó antes a la casa de la abuelita. ¡Pum, pum!, golpeó la puerta.

–¿Quién es? –preguntó la anciana.

–Soy yo, Caperucita Roja –dijo el lobo, con voz finita.

–Gira el picaporte y entra... –le indicó ella.

El lobo entró y vio a la abuelita acostada en su cama. Y en un abrir y cerrar de ojos... ¡Glup! Se la tragó entera y de un solo bocado.

Minutos después, el lobo se acostó en la cama de la abuelita y se puso su gorro de dormir.

–Muy bien –murmuró contento–. Ya me comí a la abuela y ahora me comeré a la nieta.

Ansioso y con hambre, aunque ya había comido bastante, se tapó con las mantas y se puso a esperar a Caperucita.

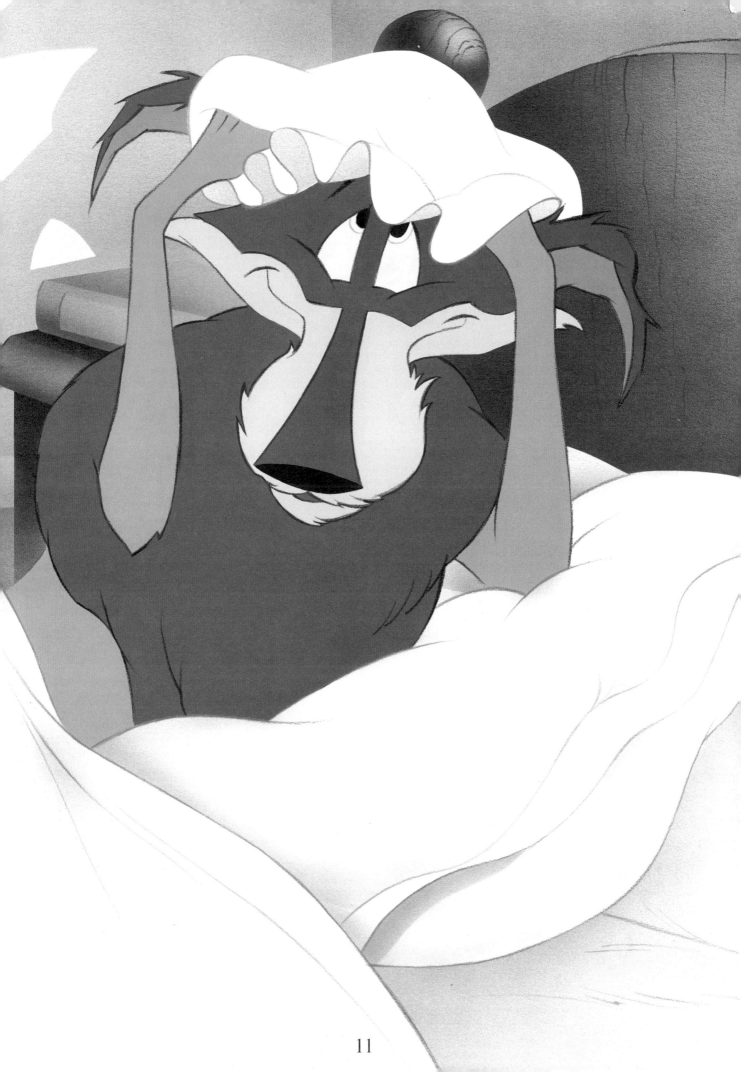

¡Pum, pum!, golpeó la puerta Caperucita.

–¿Quién es? –preguntó el lobo, afinando la voz.

–Soy yo, Caperucita Roja. Te traigo una torta y un frasco de mermelada.

–Gira el picaporte y entra –respondió el lobo, acurrucado entre las mantas.

–¡Oh, abuelita! –exclamó Caperucita–. ¡Qué orejas tan grandes tienes...!

–Para escucharte mejor, querida –respondió el lobo.

–¡Y qué ojos tan grandes...!

–Pues, para mirarte mejor... –dijo el lobo.

–¡Oh, abuelita! ¡Qué boca tan grande tienes!
¡Y qué dientes tan filosos...!

–Pues, ¡para comerte mejor, mi pequeña!

Y diciendo esto, el lobo saltó de la cama y... ¡glup!,
de un solo bocado se tragó toda entera a Caperucita.

Los animalitos del bosque,
que habían visto todo,
decidieron salvar a la
abuelita y a Caperucita.
  –¡Oh, miren qué pesado se
siente! –dijo una ardilla.

Y sí, la ardilla tenía razón. ¡El lobo se sentía muy mal! Una abuelita y una niña eran un almuerzo demasiado suculento.

–Tengo un plan –le dijo una ardilla a los demás animalitos–. Nosotros somos más pequeños que el lobo, pero también somos más astutos. Escuchen...

Entre todos le dieron un golpe en la cabeza. Después, con mucho cuidado, le ataron una soga a la cola...

... y después... ¡Fuerza! ¡Fuerza! ¡Arriba! Tirando de la soga, lo levantaron en el aire y lo dejaron colgando con la cabeza para abajo.

Entonces... ¡sorpresa! El lobo estaba tan, tan pesado, que abrió su enorme bocaza y... ¡plaf!, cayó Caperucita y... ¡plaf!, cayó la abuelita.

–Con razón me molestaban tanto en la panza, ¡estaban vivas! –se quejó el lobo, ya libre de las dos "molestias".

La abuelita y Caperucita agradecieron a sus amigos, los animalitos, por haberlas salvado.

Caperucita Roja prometió ser más prudente y nunca dejar de obedecer a su mamá.

Y el lobo se fue mucho más liviano, pero muy, muy malhumorado.